녹슨 방

녹슨 방

송종규 시집

민음의 시 136

민음사

自序

이 방은, 세계에 대한 오독으로
부글거릴 것이다.

너는 가고
나만 남는다, 세월이여.

2006년 봄 송종규

차례

自序 5

Ⅰ 휘어진 호수

글씨들 13

떡집 여자 14

빵 16

다시, 범람하는 방 18

단층 19

나는 햇살 속으로 솟구쳤다 20

말, 무례한 22

옷걸이들 23

휘어진 호수 24

상수리나무에 관한 기록 26

자전거 29

종이 울리는 연못 30

날개 31

모래지치 꽃 32

두께 34

새 떼들 35

접시 위에 생선 비늘 하나 36

관절들 38

개 같은 한낮 39

물 속의 葬禮 40

일요일 41

II 투덜거리는 계단

가시연꽃 45

경전선 46

정밀한 修辭 47

절정 48

얼룩 50

힘 52

녹슨 방 54

흰 개, 동백, 그리고 돌멩이 56

껍질 58

수북한 허공 59

지독한 사랑 60

원추리 꽃이 어느 날 성장호르몬을 맞는다면? 62

맨드라미가 있는 뜰 64

맨발 65

투덜거리는 계단 66

석류 67

껍데기들 68

호박잎 속에 70

무거운, 그녀 71

낙동강 역 72

III 낡은 의자가 있는 방

비릿한 저녁 75

넙치 76

글씨들, 달빛과 바람 곁에서 78

행성들 79

폭설 80

풍경과 상처 81

눈사람 82

일출 84

절개지 85

정오의 사이렌 소리 86

그 방은 가끔씩 호수처럼 깊어진다 88

바퀴가 있는 풍경 89

詩人 90

낡은 의자가 있는 방 91

막창 굽는 집 92

내당 4동 미장원 94

우리들의 聖殿 95

젖은 남자 96

감쪽같이, 97

작품 해설 / 김양헌

비릿한 삶의 계단에 찍힌 시간의 지문들 99

Ⅰ 휘어진 호수

글씨들

걷다 뛰다 서다
물구나무서다 하루 종일 비 맞다
비 맞으며 기어가다 종이가 붉어지다
강물이 불어나다 슬픔이 일렬로 늘어서다
하나씩 지워지다
폐가의 문설주가 고요하다, 삐꺽거리다, 아무도 없다,
세월이
듬성듬성 일렬로 앉아 있다 하나씩 드러눕다
걷다 뛰다 서다
물구나무서다 하루 종일 비 맞다
비 맞으며 기어가다 종이가 젖다 강물이 붉어지다
오래된 벽지 속에서
풍금 소리가 새어나오다

떡집 여자

떡집 여자가 전원을 켜면
바쁘게 벨트가 돌아가고
밥알이 납작해지고 근대사가 납작해지고 악기가 납작해
지고
남은 오후가 납작해진다
압축기 하나로
그 여자는 무엇이나 박살 내고 그것을 짓이겨 새걸로
만든다
그 여자의 손에서 당신은
아홉 살 소년으로 뭉클, 피어나고
나는 긴 머리 찰랑거리는 포플러 곁에
팻말처럼 심겨진다
질기고 오랜 시간도 떡집 여자가 돌리는 기계 속에서는
붐붐붐붐 가볍게 날아오르고, 눈물 나는 옛 사랑도
머리핀처럼 가볍게 튕겨 오른다
죽은 나뭇잎, 젊은 남자, 빨간 전화기를 만들어내는
그 집을 기웃거리면서
나는 희망과 소멸을 꿈꾸고
구름의 집을 짓고 따스한 김이 나는
말랑말랑한 아이를 낳는다

그 여자가 더 이상 희망과 절망을 반죽하려 하지 않을 때
나는 더 이상 아이를 낳을 수 없고
두려워라, 세상은 거대하게 부풀어 오르겠지
그 좁고 더러운 유리창 안 동력기 벨트가
툭, 끊어질 때

빵

(이거 참, 심각한 상태군요 자, 심호흡을 해보세요 까다롭게 굴지 말고 뭐든 닥치는 대로 먹으라니까요
아무하고든 많이 만나야겠어요 악다구니 쓰고 마음껏 소리 지르세요 이거 참, 상태가 아주 좋지 않아요)
의사는 다시 똑같은 처방전을 내밀었다

찢어진 말들이, 피 흘리는 말들이, 미친 말들이, 흩날리는 말들이, 세계를 가득 채운다 식후 30분마다 나는 찢어진 말들을, 분노하는 말들을, 미친 말들을, 흩날리는 말들을 꾸역꾸역 받아 삼킨다

창자 가득, 컴퓨터 가득, 고립무원의 가슴 가득, 그들은 악다구니 쓰고 나부끼고 삿대질하고 폭발하고

너덜너덜 탈진한 나를 위해 엄마는 돌아서서 이스트를 푼다
이스트가 세상을 새털구름처럼 부풀리는 동안,

뜨거운 것들이 삶을 끌고 가던 청춘은 지나갔다

젖은 이불 속으로, 죽을 것 같은 순간들이 천 번쯤 들락거리고

빵 속 무수한 방들이 하나씩 문고리를 닫아건다
아무리 두드려도 나는, 세상 밖으로 전송되지 않는다,

엄마는 바구니 가득 빵을 담아, 피 묻은 치마 속으로
밀어 넣는다

다시, 범람하는 방

하얀 봉투를 들고 들락거리는 죽음과, 하루 종일
창밖으로 걸어 나가는 계단과
계단을 오르내리는 시계 바늘과 그렁그렁
발자국 소리를 듣고 있는 수도꼭지와

그는 바늘에 찌를 끼우고 낚싯대를 던진다 생선 가시가
콱, 목에 걸린다 멀미하는 고등어들
빙 안으로 뛰어 들어온다

흙으로 가득 찬 시계를 털어 누군가
바다에 건다
계단은 물속에 잠긴다 謹弔燈을 켜 든
발자국 소리가 그렁그렁, 창문에 매달린다

단층

사람들은 미륵사지로 떠나고
나는 미륵사지 밖에 남는다
속눈썹 밑으로 곧, 어둠이 찾아온다
무왕과 구층석탑 그곳 미륵사지엔
푹 삭은 시간이 키우는 화살나무 하나가
무거운 잎 뚝뚝 떨구고 있을 것이다 누룩처럼 끓어오르던
검은 것들이 땅 속에서 꿈틀, 몸 비틀 것이다
죽음마저도 증명할 수 없는
왕조와 한 사람의 생애, 그 어두운 바깥쪽을 서성이며
나는 몇 개의 열쇠를 비틀어 집으로 돌아온다
횃대 속의 닭들이 백제식으로! 푸드득 방 안으로 따라
들어오고
문지방 성큼 넘는 왕의 곤룡포가 형광 불빛에 흔들린다
종이배처럼 접혀져 앉은 왕과, 갓 낳은 닭의 알과
이끼의 시간들 켜켜
단층을 이루는 마음 안쪽에
구층석탑 미륵사지 빈 뜰이 환하게 불을 켠다
나는 천천히 열쇠를 비틀어 나를 잠근다, 아무도
미륵사지 안으로 들어오지 못한다

나는 햇살 속으로 솟구쳤다

몸속에, 시계 하나를 걸어놓고 살았다
느리게 가는 시계 바늘을 앞으로 몇 칸 돌려놓고
원추리 꽃이 피기를 기다렸고 다시, 새벽이 오기를 기
다렸다
아버지는 아주 천천히 젊어지셨고
축음기는 흐느적거리며 옛사랑을 노래했다
반짝이는 은 숟가락 위에서 햇살이,
놋 세숫대야 엉덩이에서 하프 소리가,
책 속의 말들이,
내 방을 가득 채울 때
나는 허겁지겁 떠나보낸 시간의 손을 잡고
집으로 돌아오는 밤차를 탔다
아버지는 훌쩍 늙어버렸고
마당가의 원추리는 말라버린 잎사귀만 달고
돌아앉아 있었다
축음기는 더 이상 사랑을 노래하지 않았다
나는 땅바닥에 앉아
내 생의 암호 같은 말들만 손가락이 아프도록 쓰고 또
지웠다
반짝이는 은 숟가락 위에서 햇살이,

놋 세숫대야 엉덩이에서 하프 소리가,
책 속의 말들이,
내 방을 가득 채울 때
뭔가 반짝이며 내 속에서 부서졌다
나는 햇살 속으로 솟구쳤다

말, 무례한

사지에 돌을 묶은 듯 온몸이 가라앉았다
달빛은 이내 불그스레 물들었고
누군가 달빛 위로 떠올랐다

꽃잎 울컥 뱉어내는 말, 계단을 오르내리는 끝없는 중얼거림, 뒤통수를 덥석 낚아채는 말, 계단을 무례하게 뛰어다니는 아자차카타파하

테이블 위의 동그란 스탠드
창밖의 숲
불타기 시작하는 집에서 들려오는
전화벨 소리
가늘게 잘려 나간 해안선
한 장의 풍경 안으로
피 묻은 어머니가 불쑥 들어올 때까지
중얼거림에게 재갈을 물리기까지
한입 베어 먹힌 말처럼 불안하고 삐딱한 이미지들
아자차카타파하

옷걸이들

 의자는 수런거리지 않고, 전화기는 아무도 불러내지 않고, 계단은 어디로든 오르내리지 않고 모른다, 모른다고 소리치던 책들의 입은 단호하게 잠겨 있다 계단은 천 년을 거기 있었고, 누군가 천 년을 오르내렸고, 모든 관념들은 지느러미처럼 자유롭게 유영했다 시간은 분해되고 융합되고 높이 솟구치고 고요히 가라앉았고 한없이 아득한 깊이 속에서 사람들은 금붕어처럼 잠들었다 수족관 속 금붕어들이 천리 밖 늪의 수면 위로 보름달만 한 가시연꽃을 밀어 올렸고 붕어들의 알과 가시연꽃 씨방과 자유로운 시간의 무늬들이 죽음과 소요를 떠밀고 간다
 그 아래,
 세상의 모든 옷걸이들은 무표정하게 앉아 있고 쭈그리고 앉아 있고 다리를 포개고 조그맣게 누워 있고 나는 침착하게, 모든 주검들의 입에 박힌 못을, 빼낸다, 살아서 펄럭이는 말들의 입에 쾅쾅 못을, 박는다, 나는 설득당하지 않는다

휘어진 호수

공원은 넓고 벤치는 너무 많아, 더구나 나는 한 번도 그의 얼굴을 본 적이 없지 않은가

휘어진 빌딩과 양말 가게와 막창 굽는 냄새가 진동하는 이발소 간판 건너편에서 아버지는 아직도 무어라고 말씀하신다 막창과 휘어진 빌딩과 이발소가 아버지 말씀을 받아먹는다

도대체 이 넓은 공원 안 느티나무 아래인지, 버드나무 아래인지, 거기 호수가 있었는지, 아버지 말씀은 내게로 건너오지 못하신다 아니, 나무 아래 몇 번째 벤치인지, 얼마나 큰 허공이 둘러쳐져 있는지,

영혼은 습자지보다 여리고 여려서 온갖 서러운 것들 다 기억하나 보다 여기, 황량한 벌판 어둠 속에서 나는 차고 슬픈, 누군가 내 곁에서 빙빙 돌고 있음을 알겠다 유성처럼 나는, 얼마나 돈 것일까 삶은 흠뻑 젖어 있는데

아버지는 이제 보이지 않는다 겁에 질린 짐승처럼 나는 아버지, 동생, 그리고 하나님, 닥치는 대로 불러댔다 나

뭇잎처럼 그들은 나부꼈다

　공원은 넓고 호수는 너무 많아, 더구나 나는 한 번도
그의 얼굴을 본 적이 없지 않은가

상수리나무에 관한 기록

1

몇 년째 그는 내 집의 현관 앞에 앉아 있다

떠나 달라고 간곡히 말했지만 막무가내, 내 집을 기웃
거린다

급기야 나는 경비 아저씨를 부르고, 112를 불렀다

내 집 앞의 부랑자를 샅샅이 찾아다니던 그들은 결국
투덜거리며 떠나갔다. 아무도 모르게

내 집을 노리는 그를 피해 나는, 몇 개의 자물통을 현
관에 매달았다

몇 번, 시든 꽃다발이 바깥으로 실려 나가고

내 집의 소품들은 자물통 속에서 씨앗을 틔우기 시작
했다

확실한 것은 내 몸에서도 뿌리가 돋는다는 것, 뾰루지
같은 뿌리 아래 눈물 같은

아이들이 맺힌다는 것,

2

사람들은 가끔씩 폐허나 연민이나 분노에 대한 기억으
로 삶을 기록하려 한다

내 몸의 그루터기에서 집 한 채 허물어질 때까지
그는 거기 있었고
수세기 전의 사람처럼 커다랗게 몸을 부풀려 내 척박한
자투리땅에 그늘을 만들었다, 라고 말한다면 또 누군가
혀를 차고
돌아설 것이다
어쨌든 그는 무례하게 내 삶 속으로 걸어 들어왔다, 나
는 난파했다,

3

연민도 없이, 열쇠 구멍 속으로 질주하는 시퍼런 시간.

격렬함이나 분노가 스쳐 지나간 듯 상수리나무는 녹슬었다, 그 아래 주렁주렁 매달려 있는 온갖 말들, 그리고 불가해한 문자들

확실한 것은 내 몸에서도 녹이 슨다는 것, 뾰루지 같은 뿌리 아래 박 넝쿨 같은 세월이 자란다는 것,

4

아버지와 경비 아저씨 모두, 하얗게 늙었다
세상은 하루 종일 불통이었다

자전거

좁은 콘크리트 옹벽을 계곡 물이 미끄러져 내린다
옹벽의 약간 왼편에 자전거 한 대가 정물처럼 놓인다
앞바퀴가 조금, 물속에 잠긴다
일만 개의 고요가 내려다본다, 그는 물소리 속으로 들
어가
세상 쪽으로 열린 블라인드를 내린다

찰나가 삶을 지탱한다고 그는, 믿는다, 느닷없는 순간,
그는 부풀어 올랐고, 진저리치며 나락으로 처박혔다 여자
가 오고, 여자가 떠났을 때처럼

바퀴는 멈춰 있고 산은 농밀한 고요로 꽉 차 있다 카메
라의 셔터 소리가 반짝
우주의 치맛자락을 들어 올린다

종이 울리는 연못

종이 울리는 연못
걷고 싶은 사전
울리고 싶지 않은 알람, 알리바이를 부정하는
장미의 죽음

종일 비가 내리고 머리통 속은 빗물로 가득 찼다 불어
난 물이 플라스틱 바가지 밖으로 흘러넘쳤다 바가지 위에
둥둥 꽃잎이 떠다녔다 꽃잎은 상처, 꽃잎은 어머니, 우우
우 꽃잎은 흘러간 내 사랑 너무 큰 그림자 하나가 머리통
속으로 다 들어오지 못한다 종이가 꼬깃꼬깃 접혀지는 동
안 끅끅거리며 시간은 쓸려 가고 제 작은 그림자 속에서
아이는 고봉밥 한 그릇을 다 비운다 나는 어린 고무신 뒤
축을 안으로 말아 넣어 바가지 위에 띄웠다 바가지는 어
디로 간 것일까, 쓰디쓴 세월이 맨발을 할퀴고 지나갔다

종이 울리는 연못
걷고 싶은 사전
울리고 싶지 않은 초인종, 알리바이를 부정하는
바가지, 바가지 위의 꽃잎, 또 꽃잎,

날개

좁고 가파른 빌딩의 창문턱에서
아주 느리게, 4주가 지나갔다
어린 새 두 마리가 알을 깨고 나오고 나서 꼭 한 번,
부릅뜬 맞은편 창턱의 수놈을
본 적이 있다
날카로운 적의가 섬뜩하게 왼쪽 뺨을 스쳐갔다
나는 왼쪽 뺨을 그에게 떼어 주고
계단을 뛰어올라 내 방으로 숨었다 콩닥거리는 어린 새
의 심장이 가로수를 부풀려 올리는 길고 긴 여름밤

내 호흡의 결 안쪽에 새의 깃털이, 내 청춘의 어린 가
지 위에 부릅뜬 광기와 허무가,

난무하는 나를 봉투 속에 접어 넣었다

두고 봐라 곧,
붉은 꽃이 필 것이다

모래지치 꽃

　그는 고조선과 보부상 그리고 몇 개의 왕조를 거쳐서
왔다
　새로운 세기의 어떤 언어로도 나는 그를 명명할 수 없다
　그는 너무 먼 길을 걸어 내게로 왔고
　나는 퉁퉁 부어오른 그의 다리를 높게 받쳐 들고 뜨거
운 타월로 감싸주었다
　우리에겐 서로, 삶의 가려운 등을 긁어주거나 머리를
　빗겨주는 따위의 행위들은
　없다, 다만 묵묵히 마주앉아 있어 주는 일
　깨꽃처럼 붉고 뜨거운 말도
　고드름처럼 싸늘한 인사도 그러므로 우리에겐 필요하지
않다
　간교한 말들이 삭제된 아주 순수한 간통을
　나는 꿈꿔 왔다 한 세월
　용광로처럼 펄펄 끓어오르다가 이제는 굳어버린
　저 담담한 세월의 얼굴
　그의 심장에서 아직도 크고 싱싱한 펌프질 소리가 나고
있음을
　안 것은 그리 오래지 않았다
　그 펌프질 소리를 따라 들어가 몇 개의 왕조와 보부상

그리고 고조선까지 오르내릴 수 있는 방법을 나는 아주
조금 알 수 있을 것 같다
소리의 고저장단 사이사이에 간혹
비비새의 깃털과 어린 상수리나무의 잎맥이 푸르고 붉게
얼비친다 그의 곁을
참 많은 것들이, 거리의 불빛처럼 스쳐갔으리
그는 어쩌면 청동의 거울이거나 수만 개의 씨방을 통해
혈통을 이어온
모래지치 작은 꽃잎 한 장일 것이다
그러나 더 이상 그의 삶에 관해 추측하지 않겠다
다만, 그는 내가 신발을 신고 벗을 때마다 어디론가
출렁이며 나를 떠밀고 간다
시간은 얼마나 날렵한 무기인가

두께

두루마리 화장지가 줄줄 풀려 나온다
황새냉이가 하얗게 중얼거린다
낙동강 백사장에 푹 삶은 광목 한 필씩 널어놓고
어머니들 깔깔거리며 아래로 떠내려간다
광목 위로 피라미 떼가 헤엄쳐 올라온다
고요에도 두께가 있다, 아주 두꺼운 고요가 이스트처럼
두루마리 화장지를 부풀린다
안개가 삼켰다가
확, 뱉어낸 한 장의 풍경 속으로
풀 먹인 이불 빨랫줄에 털어 널며
어머니들 돌아온다 중얼중얼 햇살 속에서
피라미 떼 투명한 알들이
튄다, 두루마리 화장지가 긴 물길 끌고 간다

새 떼들

너는 아침의 푸른 바다와 카프카의 긴 외투를 이야기했고
나는 도시의 작은 정원에서 상추 씨앗 쪼아 먹는
새 떼들의 오후를 이야기했다
너는 스페인 풍의 술집과 낡은 유성기, 그리고
네가 아는 모든 세상을 씀바귀 즙처럼 뽀얀 은유로 이
야기했고 나는
내 뜰에 침입한 새 떼들을 너의 바다 속으로 풀어 놨다
네 바다는 지금 얼마나 고요하고 흉흉하냐
상추가 잎을 피우는 동안, 한 세기가 흘러갔다
너는 아직도 은유를 믿느냐
나는 지금 백 년쯤 젊어졌고, 오늘 아침 내 식탁에는
재잘거리는 새 떼들의 푸른 바다가 깃을 접고 누워 있다

접시 위에 생선 비늘 하나

몇 개의 터널을 지나왔다
어둠과 햇빛 사이에서 눈의 조리개가
좁혀졌다가 확대된다
청맹과니나 진드기, 잠자리의 그것과 무엇이 다른가
내 몸 어디
진드기나 거미의 끈끈이 같은 길고 질긴 액체가
아득한 세월 흐르고 있음을 느낀다
읽히지 않는 문장 속에서 하현달이
신석기 남자 빗장도 없는 뜰에 와서 자지러진다
남자의 여자가 후후 불씨를 부풀린다
따뜻하고 둥그런 아궁이 곁에 아이들이 둘러앉는다
여자가 밥 지어 고봉밥을 퍼담자
아이들은 금세 튀밥처럼 커진다
남자가 돌아올 때까지, 나는 잠들지 못할 것이다
죽창에 꿰어 올린 생선 몇 마리
멀리, 신석기 남자 어깨에 매달려 느릿느릿
내 방 쪽으로 걸어오고 있다
분홍빛 아가미 펄떡이는 생선을 메고 남자가 도착하기 전
나는 다시, 인문학적 기호이거나 세월이 기술한 늪인
몇 개의 터널을 빠져나온다

어둠과 밝음, 신생과 소멸의 비릿한 비늘들이 청맹과니 같고
진드기 같고 잠자리 같은
  천만 개의 조리개를 확대시키고, 가늘게 오므린다
  먼 산모롱이 끼고 도는 물소리 콸콸
  내 몸에서 듣는다

관절들

게 누구 없냐 삐그덕 문간방에서, 대청마루 저 끝에서,
대가야 낡은 기둥들이 두두둑 일어선다 풀썩 마른 먼지
일고 오랜 세월의 관절들 다시 풀썩 주저앉고 쉰네 여기
있습죠, 마른 수숫대 같은 사람들 머리를 조아린다

기다림이 한 생애를 소진시키는 것이라면 햇살, 저 한
가닥은 누굴 기다리는 것이냐 천 년을 저기서

죽은 사람들의 마당에 환하게 등불 걸린다 비명처럼 짧
게 팍, 불 꺼진다

아름드리 소나무가 우지지지직 뒤꿈치를 들고 마당 안
을 들여다본다 날짜들이 수런수런 달력 속에서 키를 잰다
아주 오래된 연인들처럼 흙들이 단단히 허리를 붙들고 있
다 단 한 번, 누워 있던 팔 다리가 우두두둑 펴지는 소
리, 자지러지는 햇살, 천 년을 저기서

개 같은 한낮

껌을 씹다가 너를 생각했다
전화를 걸다가 순경에게 잡혔다
우회전을 하다가 전봇대를 박았다
개 같은, 복사꽃이 흐드러진 한낮이었다

짐승 소리가 뼛속까지 따라 들어왔다
문풍지도 없는 방에서
두런두런 쭈그리고 있는, 저 컴컴한 것들이 삶이냐고
사람들 몇이 삿대질을 했다,

온다던 엄마는 오지 않았다
붉은 딱지가 날아왔다
맹세는 빗나가고, 나는 전봇대를 꺾어
방문 앞에 심었다

물속의 葬禮

낡은 신발 한 짝이 물속으로 가라앉는다
수면은 곧 평온해진다

허겁지겁 달려오는 엽서와, 삐거덕 문을 닫는 폐가와, 달디단
밤의 기억들

돌 하나 누군가의 가슴속으로 들어가 얹힌다

탱자나무 가지 위에 근조 등이 내걸린다

깊은 강

일요일

너무 많은 말들을 삼켜버린 탁자가 우두커니 앉아 있습니다

꽃의 기억으로 가득한 꽃병이 그 위에 걸터앉습니다

누군가 이 포근한, 햇살과 바람의 대열에 끼어들지 못합니다

지독한 꽃잎의 기억들만 물방울처럼 반짝, 사라집니다

Ⅱ 투덜거리는 계단

가시연꽃

호수는 거의 말랐다는 당신이 보낸 엽서 받았습니다
호수 위에 띄우려 했던 가시연꽃은 당분간
우편함 속에 꽂아놓겠습니다
붉은 뻘 흙 꺼칠한 무늬를 내 집 거실 바닥에 그려놓은
걸 보니
지난밤 악어가 다녀간 듯합니다
반짝 닦인 추억 너머
호수는 지금 얼마나 수런거릴까요
아침에 일어나니 베개가 흠뻑 젖어 있네요
가시연꽃은 조심스레 뿌리 그쪽으로 내리겠죠
이제 그만 오세요 당신
분홍색 꽃잎 등으로 떠받치고

경전선

내가 본 것은 분명히 비비새였는데, 비비새는
아득히 날아갔는데
누군가, 비비새가 아니라고 우겼다 비비새는
멀리 날지 못한다고, 그렇다면 비비새는 어디로 간 것
일까
뼛속에서 흐린 풍금 소리가 새어 나왔다
나는 하얗게 늙기 시작했고
상수리나무 새순을 입에 물고, 비비새가 돌아왔다
내 안에 조그만 무덤들이 우듬지처럼 생겨나기 시작했다
거기 환하게
애기똥풀 작은 꽃잎들과
가시연꽃 혹은 노랑어리연꽃들이

아픈 뼈마디는 도대체 무엇을 기다린 것일까
대합실 의자 위에 널브러져 있는
저기, 작고 노란
토종 콩들

정밀한 修辭

내 문장의 마침표도 찍기 전에 너는 문장 속 벤치에 앉
아 있다
가끔씩 너는, 갓 구워낸 식빵 위에 모래를 쏟아 붓고
아직 뿌리 내리지 못한 상수리나무 가지를 마구 꺾어
피 묻은 네 환부를 가린다
너에 대해 방심한 게 틀림없다고 생각한 어느 날
나는 네 보따리를 쌌다, 네 낡은 가방을 채운 건
아무도 먹을 수 없는
너무 큰 허공과 굳어버린 빵 조각들

구급차 달려간다 불빛들 범퍼에 부딪힌다

모든 修辭들이 어둠을 꽉 채운다 밤 한 시가 정밀하고,
자욱해진다
나는 무덤처럼 잠겨져 문장 속으로 걸어 들어간다
쾅! 문 닫힌다

절정

　좌판 위에 가득한 구더기, 머릿속에 가득한 허공,
　찢어진 꽃잎들이 나부끼는 네거리, 사이렌 소리에 정렬
된 금요일의 가로등

　혹.시.
　사이렌도 울리지 않는 어느 〈금.요.일.〉 내 숨이 덜컥
끊어질지 누가 알겠어요 아홉 송이 아이들이 벽에서 기어
나와 울고 아흔아홉 개의 장미가 묘비 앞에 활짝 피어나
줄까요

　빛나는 태양이, 폐허가 된 가슴에 한 다발의 장미를 집
어던지겠죠
　금세 시든 장미의 혀들이 철철 피가 흐르도록
　땅바닥에 뜨거운 글씨 심어주기나 할까요

　검은 바다가 세상을 메운다 한들
　구더기들이 집집의 항아리를 채운다 한들
　무슨 소용이겠어요.
　사이렌도 울리지 않는 어느 금요일
　시인, 버스 기사, 은행 경비원들 모두 졸고 있다 한들

또 무슨 상관이겠어요,

태양이 네거리에 도열해 있는, 열두 시가 사이렌 소리
에 실려 나가는
뜨겁고 두근거리는
절정의 한때

얼룩

그는, 느리게 가는 구름 같기도 하고 오래된 SP 판의 홈집 난 소리 같기도 하다 언젠가 내가 마당으로 내던졌던 죽은 고양이 같기도 하고 그는, 내 작은 고무신을 따라오던 풍금 소리 같기도 하다 그는, 어머니가 씻어 내리던 바가지 속 뿌연 쌀뜨물 같기도 하고 초록과 검정으로 칠갑한 서늘한 밤 같기도 하다 그에 대해서 내가 당신에게 말했을 때 당신은 대답했다 그건 얼룩이야

희뿌연 새벽 울 것 같은 얼굴로

그가 찾아왔다 그는, 바다 밑에서 본 듯하기도 하고 바람 한 점 없는 사막의 모래 구릉 아래서 본 듯하기도 하다 언젠가 슈퍼 앞에서, 그에게 나는 형편없는 욕설을 쏟아 부었던 것 같기도 하다 아니, 나는 어쩌면 그를 한 번도 보지 못했을지 모른다 그에 대해 내가 당신에게 말했을 때 당신은 대답했다 그건 너야

나는 끝내 그에 대해 알 수 없었으므로
그를 오래 문밖에 세워놓았다
그는 얼음처럼 찬 밤과 밤꽃 환한 새벽 사이를
거기 서 있다
아버지 같기도 하고, 도저히 뭐라고 명명할 수 없는

그가 이제 내 방을 지켜준다
그는 느리게 가는 구름 같기도 하고
아주 오래된 소리에 묻은 얼룩 같기도 하다

힘

바로 요 아래층으로 가보세요 거기는 괜찮을 거예요 남
자의 말대로 아래층 202호 욕조의 하수구는 완벽하게 뚫
려 있었다 물은 꺽꺽 소리를 내며 어둠 속으로 흘러내려
갔다 나는 이제 안전하다

암흑의 터널, 혼돈의 순간들을 건너온 시간의 허리춤
이 주춤 풀리고 새벽녘, 내 잠은 흥건히 젖는다 지난밤
302호 욕조는 오물로 막혀 있었고, 견디지 못한 물들이
스크럼을 짜고 오물과 함께 불쑥불쑥 위로 뛰쳐 올라왔
었는데 웬일일까, 지금 위층에서 내 방을 향해 흘러내리
는 저 강물 소리 애초에 아래층으로 내려오는 것이 아니
었다

나는 망연히 그 검은 터널 속으로 들어갔다가 그렇다,
검다고 밖에는 말할 수 없는 어두운 시간 속으로 걸어 들
어가 한 세상, 오물과 섞여 흥건히 아래로 흘러내려 온
것이 분명하다 세계의 밑바닥은 축축하고 냄새나는 것들
로 꽉 차 있지 않은가

아래층으로 내려가 보세요 바로 요 아래층으로요
커다란 남자의 말이 밤새도록 백열등을 흔들었다
날이 밝으면

(말할 수 있을까, 나는,)
건물의 제일 위층으로 옮겨 달라고 말해야겠다

녹슨 방

간혹 커튼 사이로 그의 어두운 등이 불빛에 흔들릴 때가 있다 오르고 내리는 두 개의 방향만 기억하는 계단처럼 아주 단순하게

바람 빠진 공처럼 느려빠진 나태함이 시간을 끌고 간다 다만 그의 삶을 통과해 간 질풍과 노도, 추잡한 스캔들까지. 거기까지가 확실한 그의 생이라 할 수 있다

사람들의 기억에서 조금씩 지워져 갈 무렵
클로즈업된 자물쇠와 매캐한 그의 방이 화면에 잠깐 떠오른 듯하다
코르크 마개처럼 퐁퐁 튀어 오르고 싶은 희망 속에
누군가 장난처럼
슬쩍 끼워 넣은 불운한 예감 몇 장

뛰쳐나가고 싶은 의자와, 액자 속으로 들어가 눕고 싶은 정적과
딱 한 번 일어서 보고 싶은 구겨진 구두짝들

뜨겁고 맵싸했던 몇 장 스냅들이
아주 깊은 바다 속으로 들어가고 꼭 한 번 그의 방에

녹슨 전화벨이 울린 듯하다

흰 개, 동백, 그리고 돌멩이

.

잘 여문 동백의 열매와 해풍에 닳은 돌멩이가
천 개의 파도 소리를 불러내고
아름다운 해안선 하나를 불러낸다
자동차 바퀴가 채 풀어놓지 못한 풍경의 깊은 골짜기
들이
늦은 저녁 식탁 위로 불쑥불쑥 튀어나온다

AD 632년 밤, 흰 개가 대궐의 담장을 넘었다고 김부식
은 적는다

돌멩이 속에서는
두 사람이 달 하나를 공유하고 앉아 있다
돌멩이 속에서 사람들은 풀어졌다가 다시 엉키고
구부렸다가 일어서고
달빛의 음영이 한없이 부드럽게 돌멩이를 반죽한다

오늘 내 독서의 시작과 끝은 역사 밖에서 기록된 한 마
리 개의 울음소리였다

작은 돌멩이와

동백의 여문 열매를 공유하는 이승의 짧은 시간
자동차 바퀴가 채 풀어놓지 못한 풍경의 깊은 골짜기를
으르릉 컹컹, 수천 년 전 개의 울음소리가 들어 올린다

한순간의 찰나이거나
솟구치는 해일이거나 역사의 변방인
변두리 식당
돌멩이 속 환한 그늘 속에서 잠시 식은 밥 먹는 시간
모든 시간 모든 풍경의 배후에
나는 삽입된다
돌멩이 속이 꽉 찬다, 어슬렁거리며
개 한 마리가
돌멩이 속으로 따라 들어온다

껍질

한때 꽃병이었던 항아리가 저기 있다
햇빛 가득한 허공이 저기 있다
내가 저 항아리를 빠져나온 건 백 년쯤 전이었다
나를 저 항아리에 집어넣은 것도 그때쯤이었다
결국 나는 처음부터 꽃이었다
결국 나는 아주 나중에도 꽃이 아니었다
뜨거운 피가 항아리를 가득 채우자
나는 꿀꺽꿀꺽 물고기를 낳기 시작했다
지느러미처럼 미끄러운 삶에 대해서
함부로 신뢰하지 말라
신뢰는 때로 미친 사랑처럼
무서운 속도로 한 생애를 벼랑 끝으로 몰고 가기도 한다
자,
한때 꽃병이었던, 항아리였던, 허공이 저기 있다

수북한 허공

주황색 램프가 새벽 한 시에 걸터앉아 있다
알파벳과, 몇 개의 숫자들이 램프 아래 모여 앉는다
접시는 비어 있다, 수북한 빵들
이끼들이 세월을 덮는다
세 발 자전거를 타고, 〈너〉는 돌아올까?
베고니아 꽃잎들이 옹기종기 불꽃의 심지를 돋운다
램프는 사라지고 손가락들은 어둠에 갇힌다
〈너〉라는 냄새가, 달빛 아래 심겨진다

지독한 사랑

그 방은 침묵 속에 쌓여 있고 그 방에는 아무도 살지
않고 그 방은 너무 휑하고 그 방에는 너무 가벼운 내가
있을 뿐인데 그 방은, 꽉 차 있다
　　그 방은 혼돈으로 꽉 차 있고 그 방은, 가혹하거나 간
절한 말들이 터질 듯 팽창해 있다
　　그 방에는 수많은 말들이 무질서하게 널려 있고, 우울
하거나 신경질적으로 걸려 있고
　　그 방의 혼돈 속에 있을 때
　　나는 살아 있다는 느낌이 들고 그 방에 있는 동안 나는
안전하다, 라고 말할 수 있다

　　그러나 그 방의 말들은 내가 다가가면 부스러지고
　　내 손이 닿기 전에 아득하게 달아난다
　　농밀하던 그 방의 평화와 혼돈은 한순간에 허물어진다
　　나는 떠나버린 그들의 등 뒤에 텅 빈 채 서 있거나 그
방처럼 나도, 터질 듯 팽창하기를 기다릴 수 있을 뿐이다
　　침대 밑에, 서랍 속에, 벽 속에 숨어 있던 말들이 다
시, 그 방을 가득 채우기까지
　　아니, 내가 이팝나무처럼 터져 새하얀 말들이 내 안 가
득 흩날리기까지

커다란 허공이 시간과 대치하고 있는 동안
내 안의 문들은 차례로 빗장을 닫아건다

원추리 꽃이 어느 날 성장호르몬을 맞는다면?

저기, 여든 송이 원추리

초록색 대문 걸어 나가던 까만 종아리, 종아리 위 한 바가지 햇살, 뚝뚝 떨어지던 수돗가 낙숫물 소리, 툴툴거리던 미친 자전거
조심해래이, 서둘지 말거래이, 굵고 댕기면 안 된대이,
엄마 아직도, 초록색 대문 앞 우물가 난로 곁 꽃무늬 화사한 치마 속에서

저기, 여든 송이 원추리

이제 다시 젊어지실 건데요 뭐, 이제 다시 전도지 들고 예수 믿으세요! 공원의 할아버지들께 전도하실 수 있을 텐데요 뭐, 이제 곧 아버지 밥상도 손수 차려드릴 수 있을걸요. 얼른 예전처럼 장 보따리 머리에 이고 환하게 돌아오세요. 꽃그늘 너머 삐거덕, 초록색 대문도 달아드릴게

사람의 기억 결국, 꽃 아니면 바람의 등을 타고 온 흑백필름

저기, 울컥, 여든 송이 원추리

맨드라미가 있는 뜰

시간이 이룬 겹겹의 구릉들

구릉 아래는 다시 벼랑, 짐승의 아가리,
모래로 꽉 찬 시계

시계를 중심으로 초승달 같은 호수가 숨어 있고
수면을 경계로 대칭을 이룬 갖가지 무늬의 꽃과 모래
톱들
그리고, 빽빽한 분홍빛 루머들

많은 생각들이 맨드라미 머리 위를 맴돌았고
많은 시간이
하치장으로 실려 나갔다

문 닫지 마라, 나는 아직 구릉의 한 소절도
읽어내지 못하겠다

다만, 한 생애를 끌고 가는 갖가지 얼룩과 냄새들
모래로 꽉 찬, 시계가 걸려 있는
텅 빈, 뜰

맨발

맨발의 티베트 여자가 카펫을 짜고 있다
붉은 등이 강물을 물들인다
구릉 아래, 접시만 한 물고기가 성체처럼 빛난다

어디서 왔느냐

울컥, 치밀어 오르는
삶의 비린내

황하 사람들은 황하를 문자로 새기지 않는다
거기, 오래전부터
뜨거운 삶을 천에 새기는 여인이 있었고
동백이 한 그루
서 있었을 뿐이다

투덜거리는 계단

　낡은 테이프가 투덜거린다 체중계 바늘이 움직이지 않는다 선인장이 툭, 잎을 떨군다 오후 두 시가 전화기 앞에 앉아 하루 종일 오후 두 시를 기다린다 열쇠 집 남자가 꾸벅 졸다가 천 길 나락으로 떨어진다 유리창이 반짝, 퀭한 눈을 뜬다 주전자 김이 빠져나가고 헝클어진 여자가 검은 비닐봉지 속으로 걸어 들어간다

　쥐들이 득실거리는 쌀통
　신호등 앞에 도열해 있는 사람들
　저어새가 날지 않는 하늘
　미친, 미친, 꽃잎들

석류

생이 은박지처럼 구겨지면 이런 소리가 날까
내 안에서 자주 유리잔 깨진다
모질지 못해 버려졌던 청춘이
두꺼운 커튼 저쪽에 있다, 내버려 두어라
국물이 뽀얗게 우러나려면 잊은 듯 그렇게
내버려 두어야 한다
희미한 남포등 아래서
젊은 어머니 말하신다

피 흘리는 마음 데리고 토요일 저녁이 열두 시 쪽으로
가고 있다
다르르르 챠르르르
희망이 석류 알처럼 쩍, 갈라진다

껍데기들

다슬기를 까먹고 난 아이들이 각각
제 방으로 돌아간다
나는, 텅 빈 껍데기들을 비닐봉지에 담아
쓰레기통에 버린다
목숨의 냄새란 이렇게 비릿한 것일까 비누로 손을 씻
으며
내가 말했다 아니, 누군가 그렇게 중얼거리는 걸 들은
듯하다
깊은 밤 아이들은 잠들고
비닐봉지 속 다슬기들이 어깨를 기대고 옹기종기 모여
앉는다
빈 몸, 껍질 속으로 말아 넣으며

난지도에서는 지금,
고장 난 전화기와 동강 난 숟가락과 줄무늬 속옷이
삐걱이는 무릎을 맞대고 다가앉는다
그들 중 누군가 속삭인다,
다슬기들에게 줄 작은 방을 비워 놓아야겠어
우주의 중심이 가장 아름답게 반짝이고 있는 순간을
지상의 아무도 보지 못한다

물의 아이들은 물의 허리를 껴안고
이끼와 수면 아래서 잠들고
땅의 아이들은 지붕을 덮고 땅 위에서 잠이 든다
나는 당신의 약속이 반짝이는 빈방으로 들어가
숨는다,
다슬기들의 작은 몸만큼, 세상은 문득 따뜻해진다

호박잎 속에

호박잎을 덮고 잠이 들었네 벌들이 윙윙 잠 속으로 날아 들어왔네 바다 건너서 허겁지겁 엽서가 달려오고 아주 많이 아픈 말에도 나는 더 이상 취하지 않았네 십 년쯤 흘렀을까. 어머니는 말라서 비틀어진 호박 줄기를 걷어냈네 바가지만 한 호박들이 잎 속에 숨어 있었네 어머니는 나를 광주리에 담아 헛간에 넣고 빗장을 걸었네 이미지들이 점점 여물어지고 나는 검은 반점 몇 개를 몸에다 새겼네

허방 같은 삶도
몸을 거치지 않고 완성될 수 없다면
이 비린, 시린, 몇 고비
비켜갈 수 없지
광주리에 담긴 저 환하고
둥근 말들

무거운, 그녀

어눌한 걸음걸이로 그녀는 죽음의 일부를 데리고 다닌다
그 검은 것은 고챙이 밖으로도 삐죽이 얼굴을 내민다
그 검은 것의 팔은 길고 날렵하다
30만 톤의 시간이 빠져나간 자리에
너덜너덜한 허공이 들어가 앉고 허공의 둘레는, 적요
하다

천 번쯤 목이 메이고 나서 마흔을 넘겼다
천 번쯤 이 악물고 나서 그 남자를 보냈다
고봉밥 같은 봉분이 천만 번 들썩거린 후에
썩은 수채 구멍 같은 신열이 몸 안에서 끓고 있다는
것을
알았다 그녀는

지팡이가 어눌한 걸음걸이로 죽음의 일부를 간신히 떠
받친다
유리창에 허공의 발자국이 커다랗게 찍힌다
한 줌의 아스피린이 아주 조금 허공을 들어 올린다

낙동강역

萬魚山 내려오는 가을 삼랑진은 빈 들판뿐인데, 우우끄
끄끌 백미러에 따라오는 검은 물고기 떼뿐인데, 쉬어 가
라고 손목 잡는 낙동강역이 손수레처럼 앉아 있습니다 驛
舍 마당 곁, 석쇠구이집에서 돌리는 환풍기가 기름진 인
간의 식탁을 경전선 비둘기호 열차에 실어 보내고 열차
는, 태양과 구름으로 채워진 유리창 몇 개와 오래된 시간
을 태운 의자를 부려놓고 갑니다 나는 잠시 그대 생각에
대합실 기웃거려 보지만 낙동강역은 도대체, 낙동강역에
앉아 누구를 기다리는 것일까요 기다림만으로도 삶은 꽉
차서 따라오는 저 물고기 떼 둥둥, 가슴속에서 쇠북 소리
를 내는데

후, 불면 지워질 듯한 유리창과, 달팽이처럼 쪼그리고
앉아 졸고 있는 한 남자가 낙동강역의 안팎 풍경을 완성
시킵니다 보세요, 삼랑진에 가면 萬魚山 가득 물고기 떼
츠츠둥둥 쇠북 소리를 내며 따라다닙니다 희망과 썩은 옥
수수 푸대가 어깨 부대끼며 驛舍의 좁은 문을 삐걱이며
드나드는데, 경전선 열차가 부려놓고 간 빈 의자 위에는
만 마리 물고기와 낡고 비린 시간이 덥석, 앉았다 갑니다

Ⅲ 낡은 의자가 있는 방

비릿한 저녁

간유리 너머
어슬렁거리며 걸어가는
저녁 풍경
불현듯, 급브레이크 소리와 비명 소리가
풍경을 들어 올렸다가 덜컥 내려놓고 돌아선다
검은 비닐봉지에서 튕겨 나온 삶이
비린 생선 대가리와 함께 아스팔트 위에 흥건하다
해일은 언제나 그렇게 덮쳤었다
먼 바다가 비릿하게 밀려오는
간유리 안 낡은 서랍, 서랍 속
몽당연필 그리고
퉁퉁 불어터진
죽은 사람의 스냅 몇 장

싱싱한 고등어 한 마리가
몽당연필을 타고
뜨겁게 달구어진 태양을 향해 헤엄쳐 가는
아주 오래된, 동굴처럼 깊고
비릿한 저녁

넙치

전쟁이 끝날 무렵, 나는 어느 집 헛간에서 태어났을 것이다 아버지는 내 거칠고 질긴 살갗을 자랑스러워했고 어머니는 아궁이에 불을 지피며 울었을 것이다 나는 아버지가 던져주는 짚이나 딱딱한 열매 따위, 혹은 어머니가 맷돌에 갈아 흘러내린 부드러운 것을 먹고 자랐을 것이다 반짝이는 시간들이 기타 줄처럼 팽팽한 소리를 내며 튀었을 것이다

아버지는 금테가 새겨진 모자를 쓰고 계셨을 것이다 장마가 진 어느 해, 붉게 차오르는 강물을 가리키며 아버지가 뭔가 얘기했고 사람들은 굽신거리며 붉은 물길 속으로 뛰어들었을 것이다 돼지와 살아 있는 송아지들, 그리고 부러진 나뭇가지들과 낡은 고무신짝들이 물길 속으로 쓸려갔을 것이다 아마 나는 아버지 모자를 타고 안전하게 하류로 떠내려 왔을 것이다 아버지 모자가 황혼 속으로 사라지고 나서부터 아무도 아버지 앞에서 굽신거리지 않았을 것이다

그러나 아버지는, 내 거칠고 질긴 살갗을 안심했을 것이고 어머니는 불을 지피며 울었을 것이다

내 삶은

내 살과 뼈를 깎아 내가, 나를 위해, 바치는
한 찰나의 번제
그러므로 나는 스스로 가벼워져 간다
잠시나마 내 생이 수다스러웠다면
그것은 순전히 내 뜻이 아니었다
조용히, 아주 조용히, 나는 지금 불 지피는 어머니에게로
올라가고 있는 중이다

글씨들, 달빛과 바람 곁에서

나는 그의 목을 비틀고
변두리 시장 바닥에 내놓았다 그리고
허리를 구부려 발등의 눈물을 닦아주었다
그는 내 등에 천 개의 압정을 꽂았고
달빛과 바람 곁에서
검은 물을 찍어 발라가며 내 머리를 빗겨 주었다

한 종지의 그가 한 됫박의 그가 한 트럭의 그가
생을, 눈물과 피로 가득 채운다

어머니 치마에 활짝 핀 분홍색
꽃잎 떨어뜨리면서
세월은 흘러간다 그는
내가 앉았던 자리마다 그 많은 엉덩이 자국들을,
내가 오르내렸던 계단마다 수만 개의 발자국들을,
통곡하던 밤의 비릿한 기억들을 데리고
내 삶을 떠밀고 간다

찻잔 속에 가득 찬 허공, 허공 속에 빽빽한
이미지들

행성들

AD 50년은 그가 알파벳을 뗀 해이다
그 이듬해 그는 보행기 위에서
돌 사진을 찍었고
다시 그 이듬해 근사한 ID를 가졌다
서기 2005년 그는
아주 많은 행성들이 머리 위에서
돌고 있는 것을 보았다
그 다음 날은 아주 중요한 날이었다 태양 광선을
이용해, 홍역 자국을 말끔히 지운 날이고 AD 450년
당신이 보낸
연애편지가 그에게 도착한 날이다
마침내 봉숭아 꽃물을 입술에 바르기 시작했고
절정의 순간 그는, 폭발했다
삽을 든 남자 몇이 떡갈나무 아래 서서 잠시
묵념을 올리는 동안 그는
우주 속으로 날아갔다
사람들은 그가 스쳐간 연대를 아무도 기억하지 못한다

그는, 다만, 반짝인다

폭설

지친 풀잎 같은 목소리가 안간힘으로 미끄럼틀을 기어오른다 나는 낡아서 헐거워진 신발을 벗어 검은 봉지에 집어넣는다 멀리서 순금의 빛살 하나가 자운영 손바닥 위에 하루 종일 붙들려 있다

오래된 책 속에서 나온 머리카락이 하얗게 변해 있다

달력 속이 왁자지껄하다

나는, 나를, 나에게 전송해야 하는데 갑자기

ID가 생각나지 않는다 누군가 폭풍이라 말했고

누군가 폐허라고 말했다

너는 깊은 연못 속에 빠져 있는 듯하다 나는, 이 난감한 삶의 한 끝을 손가락이 아프도록 붙들고 있다

풍경과 상처*

　야, 이 자식, 살아 있었구나! 인마, 야 인마, 그래 인
마 와아, 너, 인마

　〈인마〉 둘이서

　두 손을 잡고 흔들다가 한 손으로 툭, 툭, 어깨를 치다가

　〈인마〉 여러 명이

　밤새도록 시소를 흔들다가, 복사꽃 위에 송이송이 느낌
표가 피었다가, 술잔 속에 잠깐 하나님이 들리셨다가, 바
다가 찰랑 넘치다가,

　탁, 숨이 막히다가

* 김훈의 산문집 제목.

눈사람

늦은 아침상에 네 사람이 둘러앉는다
바깥은 대설주의보
꽁꽁 언 발을 들고 추어탕 그릇 속으로
섬진강의 미꾸라지들이 뛰어 들어온다
네 사람이 모두 밥그릇을 비우고 나자, 누군가
〈그윽한 아침이었다〉고 낮게 말한다
고들빼기 갓김치 미나리 갈치 속 젓 정갈한
南都의 아침상이 문득 그윽하고! 환해진다
바깥은 대설주의보
발바닥에 체인을 감고
눈사람 두 사람이 더 늦은 아침을 먹기 위해
방 안으로 들어와 마주앉는다
미꾸라지 언 발이 지글지글 끓는, 새집식당 좁은 구들
장이
모락모락 녹는다
한 장 남은 달력 속 여자가 입김을 불며 녹아 내린다
어떤 회한의 삶도
더러는 녹아서, 송편처럼 다시 빚어질 수는 없는 것일까
바깥은 폭설주의보
무덤들이 말랑말랑해진다 지글지글

주검들이 끓어오른다

녹지 않으려고
여섯 사람이 미끌미끌 흔들흔들
마음 바깥으로 걸어 나간다

일출

　꽃잎들이 우루루 방 안으로 뛰어 들어온다 세상의 모든 지하실들이 밖으로 걸어 나간다 천둥 아니면 우레가 잠시 스쳐가고 수습할 수 없는 고요가 일순, 덮쳐온다 그때
　근엄한 걸음걸이로 그가 온다 사람들은 환호하기 시작했고 나는 먼발치에서 얼핏 그의 등만을 봤을 뿐이다

　숟가락들이 달그락거리며 백열등 밖으로 걸어 나온다

절개지

가거도 앞바다가
문을 밀고 들어온다
우럭, 쭈꾸미, 통통배, 반짝이는 아이들

가랑비처럼, 어머니 중얼거리신다 내 머리맡에 하늘 길
천만리 사다리 세워놓고 그래도 못 미더워 밤잠 설치신다
환난도 기근도 피해 가게 해달라고, 죄란 죄 모두 씻은
듯 용서해 주시라고, 물 붓듯이 더 많은 은총도 쏟아 부
어주실 것을, 빌고 또, 비신다 너무 많은 어머니 요구를
하나님은 다 들어주실까…… 캄캄한 세월 속에, 어머니
치마폭 아래, 어린 내가 살고 있다…… 밤새도록 천만리
길 사다리 오르내리시는 어머니 덕분에 하나님은 매일 햇
빛과 지붕과 풍성한 식탁을 내려주신다 더러는, 절개지
같은 가슴팍에 박태기나무 분홍색 꽃을 피워도 주신다

밤늦도록 두런두런 파도 소리 들락거린다
가거도 아이들은 통통배에 실려 가거도로 떠나가고
내 아이들의 머리맡에
어머니만큼 늙은 내가 꿇어앉아 있다, 문득
화면이 정지된다

정오의 사이렌 소리

아이들 서넛이 둘러서서 얼어붙은 미나리 밑동만 툭툭 차고 있었다 두꺼운 침묵을 깨고, 우리 내일 이사 간데이 내가 말했다 정말이가? 어디로 가노? 새까만 아이들 두 눈에서 겨울 햇살이 반짝였다

정오마다 어김없이 울리던 안동군 풍산면 지서 뜰의 사이렌 첨탑은 거기 그대로 남고 금테 두른 모자에 늘 정복을 입으셨던 젊은 아버지 따라 우리 가족은 읍내로 이사를 갔다

풍산을 떠올리면 어김없이 그 겨울의 미나리꽝이 떠오르고 정오를 알리던 사이렌 첨탑 불쑥 솟아오른다

뉘엿뉘엿 아버지 벚꽃 아래 걸어가신다
어린 사환 아이가 사닥다리를 타고 첨탑 위에 올라가 정오를 알리는 사이렌 울린다 사이렌 소리가 미루나무 꼭대기까지 나를 밀어 올린다 세월 훌쩍 뛰어넘어
깊은 강 겹겹 아버지

강물 위에 지는 해 남은 색깔 다 풀린다
번들거리며 빛나는 혼돈과 물기들

쑥부쟁이 우듬지 꿈틀거린다
봄이 왔다, 사닥다리를 타고
사이렌 소리가 지상으로 내려온다

그 방은 가끔씩 호수처럼 깊어진다

눈이 퀭한 오후 다섯 시 지나 일곱 시의 카페는 R&B와
스테이크를 준비해야 한다 그가 무대 위 마이크를 잡는
순간부터 그 집은 꽈리처럼 부풀어 오르고 사람들은 휘파
람을 불며 환호하기 시작한다 붉은 카펫 깔려 있는 저녁
일곱 시는, 희고 긴 손으로 설익은 고기를 익히고 비린
핏물을 먼 하늘에 뿌린다 하늘은 장송곡처럼, 금방 울먹
인다 일당이 든 봉투가 손에 쥐어지기까지, 그의 무거운
구두는 화물차처럼 툴툴거리며 터널을 통과한다

그의 방에는 밤 열두 시가, 지친 얼굴로 밤 열두 시를
기다리고 있다 오래전에, 튀밥처럼 가벼운 시간의 부스러
기들이 그의 방을 세웠다 아주 명쾌하게, 미래는 죽었다.
오지 않을 것이다. 그는 때때로 물방울처럼 쉽게 마르거
나 수초처럼 젖는다
소반이나 첨탑 위 또는 허구로 꽉 찬 그의 방에, 시간
은 고여 있다 그는 어디로든 흐르지 않는다 그 방의 정물
들은 가끔씩 호수처럼 깊어진다

왁자지껄한 삶이, 피 묻은 고기를 굽는다
먼 산의 무덤들이 누룩처럼 부푼다

바퀴가 있는 풍경

아이들 손톱 안에서 초승달은 자란다 가로등 깜박 이슬처럼 지워지는 어둠 속에서 바퀴는 아직도 삐거덕거린다 손 흔들던 간이역 그림 속 저 징검다리

바퀴는 힘겹게 모래 구릉 기어오른다 생은 조금씩 더 숙연해진다 누가 제 몸에 칼날 같은 무늬 새겨 넣는다 자정을 알리는 종 울린다

초승달은 자라서 미루나무 가지 끝에 걸터앉고, 바퀴는 아이들을 굴리고 굴려 세상 밖으로 내보낸다 덜컹거리는 저 징검다리 아래 울컥, 검은 물살 치밀어 올라올 때까지 아이들의 꿈속에는 천 개의 초승달 뜬다

바퀴와, 천 개의 초승달이 간이역을 밀고 가는
깊은 여름밤

詩人

　부서지거나 금이 간 도자기와 청동, 오래된 토기들은
그 남자의 손끝에서 감쪽같이 복원된다 흙과 접착제를 붙
였다 떼어내고, 밀었다 갈았다 하는 사이 그 남자의 방에
는 수백 년 거슬러 올라온 골동품들이 들숨과 날숨의 두
근거림으로 부시시 살아난다 그러나 아는가, 감쪽같이 복
원된 것들에 대해서 사람들이 탄성을 지르기 시작할 때부
터 그에게는 피 말리는 기다림이 시작된다는 걸, 그는
　천상과 지상의 중간에서 울리는 단 하나의 소리, 그 소
리를 기다리는 것이다, 한 찰나
　우레가 온몸을 관통할 때까지

　그는 한 됫박의 피와 살을 흙과 물과 청동에 쏟아 붓
는다
　우레와 함께 그의 몸은 꼬꾸라진다
　사람들은 조금 더 깊은 데로 기울고 늙은
　은행나무 한 그루가 기지개를 켠다 그러고는
　아주 오래된 뜰에 환하게 등불이 내걸린다

낡은 의자가 있는 방

수많은 문자들이 손전등처럼
그의 삶을 안내해 주리라 믿었던 세월 건너
햇빛도 없는 방에, 그는 누워 있다
가끔씩, 세상 밖으로 훅하고 날숨을 내보내는 것이
그 남자의 삶 전부인 듯 보인다 누군가, 그는 이미 녹
슬었다라고
말하지만 그건 정확하지 않다
그가 은밀하게 키워가는 분노와 간교한 문자들을 향해
치솟는
독설의 높이를 안다면, 말라비틀어진 삶
어느 갈피에서 또다시
검은 싹이 돋아날 수 있다는 것을 알게 될 것이다
녹슨 나사못처럼 그의 몸이 삐거덕 돌아누울 때
거기, 캄캄한 구들장 아래
깊고 날카로운 균열 하나가 선연하게 새겨진다

막창 굽는 집

하루에도 몇 번씩
그 여자는 길다란 짐승의 창자 속을 드나들곤 한다
미끄러운 짐승의 내장은 이미, 여자를 세상으로 이어
주는
교각과 같다, 연기와 비릿한 핏물의 밤을 지나
낡은 셔터가 내려지면
때 절은 서랍 속에서 조선의 세종대왕이 지친 몸으로
걸어 나와
여자의 구들장 밑으로 발을 밀어 넣는다
그 여자는 수천 송이의 꽃을 피워 잠자는 아이들의 머
리맡에
뿌린다, 아이들은 사뿐히 꽃잎을 받아먹고
아무도 모르게 머리카락이 자란다
깜빡, 샛노란 간판에 불이 꺼지고
그녀가 천상의 난간에 다리를 걸칠 때
냉동실 안 길고 컴컴한 짐승의 내장들은 마디마다
붉은 등을 켜 든다

나는 한 번도 막창 굽는 그 여자의 얼굴을 본 적이 없
다 다만, 그녀가 지펴 올리는 시뻘건 불꽃이 구불구불한

터널 지나 천상으로 오르내리는 것을 몇 번, 보았을 뿐
이다

내당 4동 미장원

가열램프가 달린 의자 손잡이에 때 절은 타월 걸쳐져 있다 세로줄 블라인드와 타월 사이로 과일 가게 스티로폼 박스가 기우뚱 높이 쌓여진다 분홍색 보자기 뒤집어쓴 여자가 의자 위에 앉아 뒤꿈치를 들어올린다 한 치쯤, 박스 안 포도 알들이 하늘 쪽으로 가까워진다 비닐봉지 잔뜩 실은 녹슨 자전거가 박스 옆구리를 건드린 듯 포도 알들이 와르르르 차도 쪽으로 쏟아져 내리고 삿대질하는 남자 목소리가 블라인드와 타월 사이에서 몇 토막으로 잘려 나간다

여자가 아찔하게 절망의 중심 쪽으로 떨어진다

무도회장 조명처럼 시뻘건 가열램프가 느리게 몇 번 울린 듯하다 라면 발처럼 뽀글뽀글한 오후 두 시가 분홍색 보자기 벗으며 슬쩍, 거울을 끌어당긴다

우리들의 聖殿

더러움 또한 삶의 일부라면
모래와 티끌, 먹다 남은 김치 국물, 썩은 고등어 대가리
그 여자의 무례한 혓바닥, 죽은 남자의 머리털
못 먹을 게 뭐가 있어
난 아마 낙타를 낳을 거야
난 아마 절룩거리는 거위를 낳을 거야
난 아마 이글거리는 해처럼 붉은 꽃을 낳을 거야
죄란 죄 모두 꽃다발처럼 모가지 묶여
터벅터벅 걸어와 퍼질러 눕는
여기가 바로 聖殿이란 걸
오장이 뒤틀리도록 통곡해 본 사람은 알지
푹 삭아 술독처럼 끓어올라 본 사람은 알지

환하게, 독 오른, 폐허의, 삐뚤삐뚤한
저 살찐 항아리 항아리들

젖은 남자

소낙비가 내리고 천둥 번개가 친다
쿵쾅거리며, 천둥 번개의 검붉은 線들이
사람들의 가슴속에 금을 긋는다
오랜 시간의 작고 흐린 희망들이
푸지직 김을 내며, 먼 산을 향해 쓰러져 눕는다
젖은 페달을 밟고 오는 한 무리의 강물 그리고
붉은 벽돌 색 남자, 저 남자는
미래의 어디쯤에다
벽돌 색 젖은 시간을 부려놓을 것이다
그리고 바퀴와 함께 천천히 녹슬 것이다
우표처럼 아름다웠던, 지난날 단 한 번
그 한 순간의 절정을 견디지 못해
녹슨 몸을 열고 벌떡 일어날지도 모른다

소낙비가 내리고 천둥 번개가 친다
순식간에, 사람들은 물방울처럼 뭉쳐져서
어디론가 흘러갔다
좀처럼 젖지 않는 마음을 데리고
나는 풍뎅이처럼 빙글빙글, 떠다녔다

감쪽같이,

하이힐이 삐끗하고 발목이 풀썩 주저앉는다 뚝, 시계가
멈추고 신호등은 더 이상 길을 열지 않는다 임대 아파트
공사장에서 떨어져 내리는 빔에 맞아 인부가 쓰러지고,
구급차 바퀴가 움직이지 않는다 그대 가슴에 꽂아둔 칩
하나가 빠져나간 후 그대는 나를 알아보지 못한다 나예요
나! 소리쳐 보지만 모른다고 설레설레 고개 흔든다 태연
히, 그리고 감쪽같이, 세상은 낡은 자동차의 부품처럼 해
체된다
　털썩 주저앉은 오후 세 시
　나사 하나가
　시계 방향 반대쪽으로 빙그르르 삐거덕 튕겨 나가고
　태연히, 그리고 감쪽같이, 나는 매장된다

비릿한 삶의 계단에 찍힌 시간의 지문들

김양헌(문학평론가)

시간의 지문, 무수한 시간의 지문들이 송종규의 시를 수놓는다. 이 시간의 지문들은 기억의 보물 창고에 저장되어 있다. 기억은 객관적 · 물리적 · 직선적 시간을 따라가기도 하지만, 대개 주관적 · 비균일적 · 비선형적 양상을 드러낸다. 기억은 사실을 시간의 순서에 따라 단순하게 기록만 하지 않는다. 오히려 사실과 경험은 사랑과 증오, 기쁨과 슬픔, 절망과 희망 같은 현재의 감정에 따라 혼동과 왜곡의 문을 드나들며 뒤죽박죽 얽히고 끊임없이 재생산된다. 우리가 기억하는 것은 실제 사실이 아니라 사실처럼 보이는 무엇이다. 또한 기억은 자연의 이치나 역사의 기록보다 훨씬 더 복잡하게 형성되기 때문에 종종 이성과 논리로는 설명할 수 없는 무질서와 비약으로 치달을 때가 많다.

질기고 오랜 시간도 떡집 여자가 돌리는 기계 속에서는
붐붐붐붐 가볍게 날아오르고, 눈물 나는 옛사랑도
머리핀처럼 가볍게 튕겨 오른다

　　　　　　　　　　　　　　　—「떡집 여자」 부분

고 할 때, "떡집 여자가 돌리는 기계" 곧, 기억은 "눈물
나는 옛사랑"의 사실성을 "붐붐붐붐" "가볍게 튕겨" 버린
다. 사랑의 절절함이 시간에 닳아 자연스럽게 숙질 수도
있겠지만, 작품의 흐름을 보면 눈물과 가벼움 사이에는
어떤 인과성도 개입하지 않는다. "종이 울리는 연못/걷고
싶은 사전/울리고 싶지 않은 초인종/알리바이를 부정하는
/바가지, 바가지 위의 꽃잎"(「종이 울리는 연못」)처럼, 시
인의 기억은 관련성이 없는 사물들을 병치하거나 사물의
고유한 특성을 뒤집어 놓음으로써 기이한 이미지를 생성
하기도 한다. 기억은 "무엇이나 박살 내고 그것을 짓이겨
새걸로 만든다". 그러니, "그 여자가 더 이상 희망과 절
망을 반죽하려 하지 않을 때", 기억이 시간의 지문들을
뒤섞고 재해석하지 않을 때, "나는 더 이상 아이를 낳을
수 없고"(「떡집 여자」) 시인은 더 이상 시를 쓸 수 없다.
시인의 기억이 상상력과 만나 새롭게 만들어내는 시간의
지문이 곧 한 편의 작품.
　제러미 리프킨이 "모든 문화는 고유한 시간의 지문을
지니고 있다."(『시간 전쟁』)고 하였듯이, 시인마다 고유한
지문이 있게 마련일 터. 송종규 시인의 지문은 온갖 잡동

사니 기억의 창고인 '방'에서 나온다. 이 방은 언제나 '닫혀 있는 방'이다. "방들이 하나씩 문고리를 닫아"걸고 "아무리 두드려도 나는, 세상 밖으로 전송되지 않는다" (「빵」). 그러니 이 방은 화자/시인을 감금하는 감옥이 아니라, 세계로부터 절연하기 위해 주체 스스로 선택한 곳, "천천히 열쇠를 비틀어 나를 잠"(「단층」)그는 자폐의 시공간이다. 자폐는 상징계를 거부하는 심리기제, 결국엔 상상계로 퇴행하기나 마찬가지. 그래서 시인의 방에는 언어의 상징체계가 흐려지고, 상상계의 특징처럼 무수한 이미지들이 부유하며 시간 또한 흐르지 않는다.

눈이 퀭한 오후 다섯 시 지나 일곱 시의 카페는 R&B와 스테이크를 준비해야 한다 그가 무대 위 마이크를 잡는 순간부터 그 집은 꽈리처럼 부풀어 오르고 사람들은 휘파람을 불며 환호하기 시작한다 붉은 카펫 깔려 있는 저녁 일곱 시는, 희고 긴 손으로 설익은 고기를 익히고 비린 핏물을 먼 하늘에 뿌린다 하늘은 장송곡처럼, 금방 울먹인다 일당이 든 봉투가 손에 쥐어지기까지, 그의 무거운 구두는 화물차처럼 툴툴거리며 터널을 통과한다
　　　　　　　──「그 방은 가끔씩 호수처럼 깊어진다」 1연

에서는 현대사회에서 작동하는 시간 의식의 전형을 볼 수 있다. 자본주의 사회에서는 인간의 행위가 시간을 제어하지 못하고, 오히려 시간이 인간의 활동을 규정한다. 저녁

일곱 시가 되면, 카페는 스테이크를 준비하고 그는 무대에 선다. 세 시나 다섯 시에 무대에 서봤자 아무 소용이 없다. 일당은 시간이 결정한다. 물론 이런 현상은 오늘날뿐 아니라 시계가 나온 뒤부터 곧장 생겨났다. 로마의 희곡작가 플라우투스는 "해시계가 허락하지 않으면 내 배가 식사 시간임을 알려도 식사를 시작할 수 없다. 도시는 이런 형편없는 시계들로 가득하다."(로버트 레빈, 『시간은 어떻게 인간을 지배하는가』에서 재인용)고 한탄하였다. 시간 개념은 인간에게 "무거운 구두"를 신기며 거듭 진화하여 1연과 같은 현실의 상징태를 만들어냈다. 그러나 상상계의 시간은 다르다.

> 그의 방에는 밤 열두 시가, 지친 얼굴로 밤 열두 시를 기다리고 있다 오래전에, 튀밥처럼 가벼운 시간의 부스러기들이 그의 방을 세웠다 아주 명쾌하게, 미래는 죽었다. 오지 않을 것이다. 그는 때때로 물방울처럼 쉽게 마르거나 수초처럼 젖는다
> 소반이나 첨탑 위 또는 허구로 꽉 찬 그의 방에, 시간은 고여 있다 그는 어디로든 흐르지 않는다 그 방의 정물들은 가끔씩 호수처럼 깊어진다
> ──「그 방은 가끔씩 호수처럼 깊어진다」 2연

그의 방에는 시간이 흐르지 않는다. 고여 있다. 방은 세계인 "카페"와 다른 시공이다. 밤 열두 시가 열두 시를

기다리듯, 이곳엔 과거도 없고 미래도 없다. 1연에 숨어 있는 '지속'이라는 시간 의식이 무의미해지는 "정물"의 세계다. "튀밥처럼 가벼운 시간의 부스러기들"은 어린아이가 경험하는 산발적인 시간 의식이다. 생후 18개월까지 아이는 오로지 현재 속에서 사는 것처럼 보이며 시간의 연속을 인식하지 못한다(G. J. 휘트로, 『시간의 문화사』). 이렇게 과거와 미래라는 개념이 없는 모든 '현재들'이 바로 "시간의 부스러기"라 할 수 있다. 그러므로 방이라는 공간은 바로 상상계로 퇴행하는 시간이다. 이러한 방이, 송종규의 시편에 무수히 등장하는 이 '방'의 성격이, 시간의 지문을 결정짓는 가장 중요한 요소다.

하지만 그의 방은 '불완전한' 자폐의 공간, 도달할 수 없는 상상계의 환영이다. 자폐가 원래 세계에 대응하는 여러 가지 심리기제들 중 하나니 세계와 말의 정체를 모를 리 없다. 시 자체가 언어 상징인 만큼 시인인 이상 결코 상상계로 퇴행할 방법도 없다. 그럼에도 시인은 모른 척 내숭을 떨며 방으로 돌아간다고, 돌아왔다고, 서둘러 창을 닫고 빗장을 지른다. 그래 봤자 방에다 발을 디미는 그 순간 세계도 그와 함께 방 안으로 들어서게 마련. 시인의 몸에는 이미 현실의 온갖 비린내가 스며들었기 때문이다. 세상과 동떨어진 곳에 "허구로 꽉 찬" "방"으로 존재하는 듯하지만, 오히려 이 방에는 세상의 무수한 시간들이 농축되어 부글부글 끓고 있다. 한번 상징계로 진입한 존재는 온전히 미치지 않고서야 결코 상상계로 퇴행할 수 없는 법이다.

그렇다고 시인의 방에 상상계의 자취가 전혀 없는 것은 아니다. 라캉에 따르면 인간이 상상계에서만 사는 기간은 유년기의 초기뿐이지만, 상상계는 전 생애 동안 상징계, 현실계와 함께 인식 작용에 관여한다. 상징계와 현실계로 들어선 다음에도 여전히 남아 있는 상상계를 바탕으로 시인은 그의 방을 설계하였다. 다른 세계가 침입하지 못하도록 단단히 "문고리를 닫아"걸고, "살아서 펄럭이는 말들의 입에 쾅쾅 못을, 박는다"(「옷걸이들」). 세상은 차단되고, 말들은 소통을 거부한다. 하지만 말이 존재한다는 사실 자체가 이미 온전한 상상계가 아님을 증명한다. 말로 지은 방은 상상계의 지진을 견디기 어렵다. 결국 방은 상상계와 상징계 사이에 놓인다. 이 경계선상에서도 심각한 갈등의 불길이 치솟는다. 말은 말이면서 말이 아니고자 한다. 시인은 "찢어진 말들을, 분노하는 말들을, 미친 말들을, 흩날리는 말들을 꾸역꾸역 받아 삼킨다"(「빵」). 이 "미친 말들"이 짓는 방이 긍정성을 띠기는 어려울 터. "코르크 마개처럼 퐁퐁 튀어 오르고 싶은 희망"은 "불운한 예감 몇 장"(「녹슨 방」)에 뒤얽혀 벼랑 아래로 곤두박질친다. "부릅뜬 광기와 허무가"(「날개」) 방의 색상을 어둡게 칠한다. 기괴하게 일그러져 존재할 수밖에 없는, 거의 부재에 가까운, 이 방의 모습은 이러하다.

그 방은 침묵 속에 쌓여 있고 그 방에는 아무도 살지 않

고 그 방은 너무 휑하고 그 방에는 너무 가벼운 내가 있을
뿐인데 그 방은, 꽉 차 있다

　그 방은 혼돈으로 꽉 차 있고 그 방은, 가혹하거나 간절
한 말늘이 터질 듯 팽팽해 있다

──「지독한 사랑」 부분

　이렇게 혼돈과 모순으로 가득 찬 방에 송종규의 시는
뿌리를 내리고 있다. 빗장을 닫아걸었건만 한번 틈입한
세계는 기억의 회로를 따라 스스로 증식하며 온갖 시간의
얼룩과 사물의 냄새로 방을 채우고, 마침내 창을 넘고 문
을 밀치며 범람한다. 범람하는 방, 범람하는 기억의 물결
이 곧 시의 육체를 이루는데, 그것은 대개 우리 시대의
현실이 쏟아내는 붉고 비릿한 욕망과 같은 형상이다. "한
입 베어 먹힌 말처럼 불안하고 삐딱한 이미지들"(「말, 무
례한」)이, "한 생애를 끌고 가는 갖가지 얼룩과 냄새들"
(「맨드라미가 있는 뜰」)이, "열쇠 구멍 속으로 질주하는
시퍼런 시간"(「상수리나무에 관한 기록」)들이 격렬한 언어
의 흐름을 타고 우당탕탕 솟구친다.

　이런 까닭에 표면상 송종규의 시는 현실을 강하게 부정
하는 양상을 띤다. 방으로 따라 들어온 "세계의 밑바닥은
축축하고 냄새나는 것들로 꽉 차 있"(「힘」)다. 세계가 이
렇게 어둡지 않고 밝게 빛났다면 시인은 처음부터 자신만
의 방을 꿈꾸지 않았을 터. 그래서 시인은 강한 적개심을
드러내며 현실을 공격함으로써 자신의 정당성을 확보하려

한다. "저 컴컴한 것이 삶이냐"(「개 같은 한낮」)고 물을 때, 이미 '적어도 나는 그렇지 않다'는 의식이 따라붙는다. 현실의 부정성은 시인/주체의 긍정성을 담보하는 근거가 된다. "검은 비닐봉지에서 튕겨 나온 삶이/비린 생선 대가리와 함께 아스팔트 위에 흥건하다"(「비릿한 저녁」) 같은 처참한 표현이 자주 나오는 것은, 표면에 드러나는 세계의 부정성이 강렬해지는 만큼 이면에 숨어 있는 자아의 긍정성 또한 더욱 투명해지기 때문이다.

시인은 부정성을 강화하기 위해 '무덤/죽음/오물/빗장/벼랑/짐승/비린내/모래/허공/폐허/절망' 같은 명사들을 무수히 동원한다. 그 자체의 상징성만으로도 세계의 부당함을 입증할 수 있기 때문이다. 그러나 송종규 시인은 이런 단순한 기법에 기대어 의미를 드러내는 작법을 좋아하지 않는다. "좌판 위에 가득한 구더기, 머릿속에 가득한 허공" 같은 경우, "구더기/허공"이 부정적 이미지를 발산하기도 하지만 오히려 그것을 수식하는 어구가 부정성의 근간을 이룬다. 구더기나 허공도 있을 자리에 있을 때는 긍정적 이미지를 띨 수 있기 때문이다. 다음 행 "찢어진 꽃잎들이 나부끼는 네거리"(「절정」)에서 "꽃잎/네거리"는 부정성과 거리가 멀지만, 수식어절의 부정성이 행 전체의 이미지를 결정지으며 꽃잎과 네거리도 부정적 의미망 안으로 끌어들인다. "의자는 수런거리지 않고, 전화기는 아무도 불러내지 않고, 계단은 어디로든 오르내리지 않고"(「옷걸이들」) 같은 구절에서는 가치 개념을 규정하기 어려운 사물들 "의자/전화기/계단"의 행위를 용언이 부정함으로써 마찬가지 이미지를 생성한다. "느닷없는 순간, 그는 부풀어 올랐고, 진저리치며 나락으로 처박혔다"(「자전거」)처럼 인섭싱을 지닌 여러 동사들이 겹치면서 부정성을 역동적으로 강화하기도 한다.

명사의 상징성에 기댈 때보다 수식어와 서술어의 역동성을 활용할 때, 시인의 내면인 방과 바깥인 세계 사이의 심각한 갈등이 훨씬 적실하게 드러날 터. 게다가 명사는 사물 자체를 지시하는 데 그칠 뿐이지만, 수식어와 서술어는 사물/사건의 상황과 관계를 나타내기 때문에 부정성의 근원을 더 깊이 파헤칠 수 있다. 수식어와 서술어가 지배하는 부정성은 문제의 핵심이 사물이 아니라 사물이 존재하는 방식에 있음을 말해 준다. "찢어진 꽃잎"이라고 했을 때 "꽃잎"이 구성하는 세계는 수식어 "찢어진"이 지배하는, 비일상적이고 부정적인 상황을 형성한다. 전통적·일반적으로 꽃잎에 따라붙는 아름다운 세계가 무너진 정황. 뭔가 불길하고 불안한, 잘못 돌아가고 있는 세계의 이미지가 저절로 몸을 파고든다. "좌판 위에 가득한 구더기"는 구더기가 존재할 자리가 어긋나면서 세계가 제자리를 찾지 못하고 있음을 암시한다.

쥐들이 득실거리는 쌀통
신호등 앞에 도열해 있는 사람들
저어새가 날지 않는 하늘

미친, 미친, 꽃잎들

　　　　　　　　—「투덜거리는 계단」부분

도 마찬가지로 뻐딱한 상황을 나열하고 있다. 「말, 무례
한」, 「옷걸이들」, 「종이 울리는 연못」, 「절정」 등에도 이
런 식으로 비슷한 표현이 중첩하고 있는데, 이 작품에서
보면 각 행은 의미상으로 별다른 관련이 없다. 이것들은
시인의 방에 보관하고 있는 수많은 기억들 중에서 상황의
인접성에 따라 끌려 나왔을 뿐이다. 각 행은 정상적인·
바람직한·갈망하는 상태가 아니라는 점에서 인접성을 띤
다. 이것들이 언제 어디서 시인의 방으로 들어온 경험인
지 불투명할 뿐 아니라 그 사실이 중요한 사안도 아니다.
다양한 시간대의 기억들이 뒤얽혀서 시간의 순서와 인과
율을 무너뜨리고 하나의 정황을 만들고 있다는 사실만 남
아 있다. 이런 경우 행과 행 사이, 행간에서 특별한 논리
를 찾으려는 노력은 별반 소용이 없다. 몸을 열어 전체
이미지를 한꺼번에 받아들이면 그만이다. 언어가 지시하
는 의미를 좇지 않고 말들이 관계 맺는 상황의 이미지를
따라가면, "멀미하는 고등어들/방 안으로 뛰어 들어"오는
다음 작품도 그다지 어렵지 않게 읽을 수 있다.

　　하얀 봉투를 들고 들락거리는 죽음과, 하루 종일
　　창밖으로 걸어 나가는 계단과
　　계단을 오르내리는 시계 바늘과 그렁그렁

발자국 소리를 듣고 있는 수도꼭지와

그는 바늘에 찌를 끼우고 낚싯대를 던진다 생선 가시가
콱, 목에 걸리다 멈미하는 고등어들
방 안으로 뛰어 들어온다

흙으로 가득 찬 시계를 털어 누군가
바다에 건다
계단은 물속에 잠긴다 謹弔燈을 켜 든
발자국 소리가 그렁그렁, 창문에 매달린다
                    ──「다시, 범람하는 방」 전문

　범람하는 방의 기이한 풍경, 왜곡된 시간의 지문에서
두 가지 사물을 눈여겨보자. 계단과 고등어. 계단은 세
번이나 등장하지만 서로 관련이 있는지 어떤지 명확하지
않다. 그러니 이 계단들을 굳이 하나로 연결 지으려 하지
말고 계단의 여러 모습으로 이해하는 것이 좋겠다. 이번
시집에는 여러 작품에 계단이 나오는데, "계단을 오르내
리는 끝없는 중얼거림"(「말, 무례한」)이나 "계단은 어디로
든 오르내리지 않고"(「옷걸이들」)처럼 부정적인 이미지 쪽
으로 기울어 있다. 「계단」이란 작품을 보면, 계단은 곧
신산한 삶 그 자체, "검은 시간"이 쌓아온 삶의 "두꺼운
지층"이다. "지상과 지하 그 사이 엉거주춤한 자리에" 존
재하는 계단은 "세월이 밟고 지나간 붉고 비릿한 냄새"를

풍긴다. 「내 안의 계단」에서도 "말라붙은 생선 비늘 같은 날들"이 슬픔을 떠민다. 그러니, "생선 가시가 콱, 목에 걸"리고, "멀미하는 고등어들/방 안으로 뛰어"드는 상황을 계단 위에서 생긴 일로 오독하더라도, 그것이 송종규의 시에서 삶의 계단이 지니는 성격을 잘 드러내는 작업이 될 수 있다.

한마디로, 계단은 비릿하다. 비릿하다는 냄새는, 아니 대부분 냄새는 뭔가 명확히 규정할 수 없는 이미지의 안개에 싸여 있다. 시각과 청각으로는 결코 느낄 수 없는, 온몸으로 스며드는 냄새라는 것. 잘잘못을 따지는 단계를 넘어서서, "어둠과 밝음, 신생과 소멸의 비릿한 비늘들"(「접시 위에 생선 비늘 하나」)처럼, 어느 곳에나 배어 있는 이 불편한 냄새. 이 비릿함이 송종규 시인이 이번 시집에서 형상화한 계단, 세계, 삶의 실체, 구름처럼 모호한 실체다. 비릿한 계단. 시는 비릿한 계단에 찍힌 삶의 지문이다.

> 울컥, 치밀어 오르는
> 삶의 비린내
>
> ──「맨발」 부분

> 목숨의 냄새란 이렇게 비릿한 것일까
>
> ──「껍데기들」 부분

허방 같은 삶도

몸을 거치지 않고 완성될 수 없다면

이 비린, 시린, 몇 고비

비켜갈 수 없지

——「호박잎 속에」부문

경전선 열차가 부려놓고 간 빈 의자 위에는 만 마리 물
고기와 낡고 비린 시간이 덥석, 앉았다 갑니다

——「낙동강역」부분

아주 오래된, 동굴처럼 깊고

비릿한 저녁

——「비릿한 저녁」부분

통곡하던 밤의 비릿한 기억들을 데리고

내 삶을 떠밀고 간다

——「글씨들, 달빛과 바람 곁에서」부분

미끄러운 짐승의 내장은 이미, 여자를 세상으로 이어주는
교각과 같다, 연기와 비릿한 핏물의 밤을 지나

——「막창 굽는 집」부분

비릿한 냄새는 이렇게 다양한 삶의 모습을 보여준다.
시인의 비릿한 시선이 부정적인 것만은 아니다. 그 배후

에는 애상이 깔려 있다. 삶의 슬픔을 읽어내는 눈이 사랑 아니고 무엇이랴. 따지고 보면, 시인이 강하게 내세운 현실의 부정성에도 그것을 극복하고 새로운 세계로 나아가려는 갈망이 스며 있다. "좌판 위에 가득한 구더기, 머릿속에 가득한 허공,/찢어진 꽃잎"에 어찌 눈물이 스미지 않았겠는가. 이런 지저분하고 비정상적인 사물/상황을 '더럽고 비참한 것(abject)'으로 본다면, 송종규의 시는 모성을 기각하고 상징계로 진입하기 위한 일종의 '더럽고 비참한 상태(abjection)'라 할 수 있다. 시인은 상상계로 숨으려는 것이 아니라 방에서 벗어나 세계로 나가고 싶은 것. 비릿한 계단에 쓴 작품들은 떳떳하게 세계로 진입하겠다는 시인의 열망이며, 방을 벗어나지 못하는 자신에게 던지는 끝없는 투정이다.

시인은 이제 삶을 있는 그대로 껴안을 준비가 되어 있다. "더러움 또한 삶의 일부"(「우리들의 聖殿」)라는 걸, "안간힘이 한 생애를 떠메고 간다는 걸"(「검은 비탈」) 알고 있다. 그래서 시인은 죽음을 데리고 다니는 노파를 삶의 진실로 받아들인다. 격렬한 슬픔을, 절절한 열징을, 들끓는 신열을 고봉밥처럼 따뜻하게 감싸 안을 때, 방은 범람하고 범람하여 더 이상 그 형체를 찾기가 어렵다. 방을 나와 비릿한 삶의 계단에 새긴 선명한 시간의 지문들, 아름답지 않은 것이 없다.

어눌한 걸음걸이로 그녀는 죽음의 일부를 데리고 다닌다
그 검은 것은 고쟁이 밖으로도 삐죽이 얼굴을 내민다
그 검은 것의 팔은 길고 날렵하다
30만 톤의 시간이 빠져나간 자리에
너덜너덜한 허공이 들어가 앉고 허공의 둘레는, 적요하다

천 번쯤 목이 메이고 나서 마흔을 넘겼다
천 번쯤 이 악 물고 나서 그 남자를 보냈다
고봉밥 같은 봉분이 천만 번 들썩거린 후에
썩은 수채 구멍 같은 신열이 몸 안에서 끓고 있다는 것을
알았다 그녀는

지팡이가 어눌한 걸음걸이로 죽음의 일부를 간신히 떠받
친다
유리창에 허공의 발자국이 커다랗게 찍힌다
한 줌의 아스피린이 아주 조금 허공을 들어 올린다

——「무거운, 그녀」 전문

녹슨 방

1판 1쇄 찍음 2006년 6월 5일
1판 1쇄 펴냄 2006년 6월 12일

지은이 송종규
발행인 박근섭
펴낸곳 **(주)민음사**

출판등록 1966. 5. 19. 제16-490호
서울시 강남구 신사동 506번지 강남출판문화센터 5층 (우)135-887
대표전화 515-2000 / 팩시밀리 515-2007
www.minumsa.com

값 7,000원

ISBN 89-374-0745-0 03810